U0127131

張賓王曰雖引百氏證以道德妙麗精深且多格言標品如一

以前是一冒後歷舉其事

淮南鴻烈解卷十二

道應訓

太清問於無窮曰子知道乎無窮曰吾弗知也又問於無爲曰子知道乎無爲曰吾知道子之知道亦有數乎無爲曰吾知道有數曰其數奈何無爲曰吾知道之可以弱可以強可以柔可以剛可以陰可以陽可以窈可以明可以包裹天地可以應待無方此吾所以知道之數也太清又問於無始曰鄉者吾問道於無窮曰吾弗知之又問於無爲無爲曰吾知道曰

子之知道亦有數乎無爲曰吾知道有數曰其數奈何無爲曰吾知道之可以弱可以強可以柔可以剛可以陰可以陽可以窈可以明可以包裹天地可以應待無方吾所以知道之數也若是則無爲知與無窮之弗知孰是孰非無始曰弗知之深而知之淺弗知內而知之外弗知精而知之粗太清仰而嘆曰然則不知乃知邪知乃不知邪孰知知之爲弗知弗知之爲知邪無始曰道不可聞聞而非也道不可見見而非也道不可言言而非也孰知形之不形者乎故

証以老言終篇皆不出剛柔強弱晦明等意

張賓王曰渺論沁心

此是一証全要斂藏意

張賓王曰巧喻

老子曰天下皆知善之為善斯不善也故知者不言言者不知也白公問於孔子曰人可以微言孔子不應白公曰若以石投水中何如曰吳越之善沒者能取之矣曰若以水投水何如孔子曰菑澠之水合易牙嘗而知之白公曰然則人固不可與微言乎孔子曰何謂不可誰知言之謂者乎夫知言之謂者不以言言也爭魚者濡逐獸者趨非樂之也故至言去言至為無為夫淺知之所爭者末矣白公不得也故死於浴室故老子曰言有宗事有君夫唯無知是以不

吾知也白公之謂也惠子為惠王為國法已成而示諸先生先生皆善之奏之惠王惠王甚說之以示翟煎曰善惠王曰可行乎翟煎曰不可惠王曰善而不可行何也翟煎對曰今夫舉大木者前呼邪許後亦應之此舉重勸力之歌也豈無鄭衛激楚之音哉然而不用者不若此其宜也治國有禮不在文辯故老子曰法令滋彰盜賊多有此之謂也田駢以道術說齊王王應之曰寡人所有齊國也道術難以除患願聞國之政田駢對曰臣之言無政而可以為政譬

此見法術不必用

即和先忍辱意能忍故勝人

之若林木無材而可以爲林願王察其所謂而自取齊國之政焉已雖無除其患害天地之間六合之內可陶冶而變化也齊國之政何足問哉此老聃之所謂無狀之狀無物之象者也若王之所問者齊也田駢所稱者材也材不及林林不及雨雨不及陰陽陰陽不及和和不及道白公勝得荆國不能以府庫分人七日石乙入曰不義得之又不能布施患必至矣不能予人不若焚之毋令人害我白公弗聽也九日葉公入乃發大府之貨以予衆出高庫之兵以賦民

因而攻之十有九日而擒白公夫國非其有也而欲有之可謂至貪也不能爲人又無以自爲可謂至愚矣譬白公之嗇也何以異於梟之愛其子也故老子曰持而盈之不如其已揣而銳之不可長保也趙簡子以襄子爲後董閼于曰無卹賤今以爲後何也簡子曰是爲人也能爲社稷忍羞異日知伯與襄子飲而批襄子之首大夫請殺之襄子曰先君之立我也曰能爲社稷忍羞豈曰能刺人哉處十月知伯圍襄子於晉陽襄子疏隊而擊之大敗知伯破其首以爲

道不可以外求

能持盈故能處勝

飲器故老子曰知其雄守其雌其爲天下谿齧缺問
道於被衣被衣曰正女形壹女視天和將至攝女知
正女度神將來舍德將來附若美而道將爲女居惷
乎若新生之犢而無求其故言未卒齧缺繼以讐夷
被衣行歌而去曰形若槁骸心如死灰直實不知以
故自持墨墨恢恢無心可與謀彼何人哉故老子曰
明白四達能無以知乎趙襄子攻翟而勝之尤人終
人使者來謁之襄子方將食而有憂色左右曰一朝而
兩城下此人之所喜也今君有憂色何也襄子曰江

河之大也不過三日飄風暴雨日中不須臾今趙氏
之德行無所積今一朝兩城下亡其及我乎孔子聞
之曰趙氏其昌乎夫憂所以爲昌也而喜所以爲亡
也勝非其難者也賢主以此持勝故其福及後世齊
楚吳越皆嘗勝矣然而卒取亡焉不通乎持勝也唯
有道之主能持勝孔子勁杓國門之關而不肯以力
聞墨子爲守攻公輸般服而不肯以兵知善持勝者
以強爲弱故老子曰道沖而用之又弗盈也惠孟見
宋康王蹀足謦欬疾言曰寡人所説者勇有功也不

剛強所不用

無為而無不為道也

說爲仁義者也客將何以教寡人惠孟對曰臣有道於此人雖勇刺之不入雖巧有力擊之不中大王獨無意邪宋王曰善此寡人之所欲聞也惠孟曰夫刺之而不入擊之而不中此猶辱也臣有道於此使人雖有勇弗敢刺雖有力不敢擊夫不敢刺不敢擊非無其意也臣有道於此使人本無其意也夫無其意未有愛利之心也臣有道於此使天下丈夫女子莫不歡然皆欲愛利之心此其賢於勇有力也四累之上也大王獨無意邪宋王曰此寡人所欲得也惠孟

對曰孔墨是已孔丘墨翟無地而爲君無官而爲長天下丈夫女子莫不延頸舉踵而願安利之者今大王萬乘之主也誠有其志則四境之內皆得其利矣賢於孔墨也遠矣宋王無以應惠孟出宋王謂左右曰辯矣客之以説勝寡人也故老子曰勇於不敢則活由此觀之大勇反爲不勇耳昔堯之佐九人舜之佐七人武王之佐五人堯舜武王於九七五者不能一事焉然而垂拱受成功焉善乘人之資也故人與驥逐走則不勝驥託於車上則驥不能勝北方有獸

綴此一節道當爲可繼意

勝人非自保之道

其名曰蹷鼠前而兎後趨則頓走則顛常爲蛩蛩駏驉取甘草以與之蹷有患害蛩蛩駏驉必負而走此以其所能託其所不能故老子曰夫代大匠斲者希不傷其手薄疑說衛嗣君以王術嗣君應之曰予所有者千乘也願以受教薄疑對曰烏獲舉千鈞又況一斤乎杜赫以安天下說周昭文君文君謂杜赫曰願學所以安周赫對曰臣之所言不可則不能安周臣之所言可則周自安矣此所謂弗安而安者也故老子曰大制無割故致數輿無輿也魯國之法魯人

爲人妾於諸侯有能贖之者取金於府子贛贖魯人於諸侯來而辭不受金孔子曰賜失之矣夫聖人之舉事也可以移風易俗而受教順可施後世非獨以適身之行也今國之冨者寡而貧者衆贖而受金則爲不廉不受金則不復贖人自今以來魯人不復贖人於諸侯矣孔子亦可謂知禮矣故老子曰見小曰明魏武侯問於李克曰吳之所以亡者何也李克對曰數戰而數勝武侯曰數戰數勝國之福其獨以亡何故也對曰數戰則民罷數勝則主憍以憍主使罷

張賓王曰快哉乎王者之度

此用人之道有國者所當知

民而國不亡者天下鮮矣驕則恣恣則極物罷則怨怨則極慮上下俱極吳之亡猶晚此夫差之所以自剄於干遂也故老子曰功成名遂身退天之道也甯越欲干齊桓公困窮無以自達於是爲商旅將任車以商於齊暮宿於郭門之外桓公郊迎客夜開門辟任車爝火甚盛從者甚衆甯越飯牛車下望見桓公而悲擊牛角而疾商歌桓公聞之撫其僕之手曰異哉歌者非常人也命後車載之桓公及至從者以請桓公贛之衣冠而見說以爲天下桓公大說將任之

群臣爭之曰客衛人也衛之去齊不遠君不若使人問之問之而故賢者也用之未晚桓公曰不然問之患其有小惡也以人之小惡而忘人之大美此人主之所以失天下之士也凡聽必有驗一聽而弗復問合其所以也且人固難合也權而用其長者而已矣當是舉也桓公得之矣故老子曰天大地大道大王亦大域中有四大而王處其一焉以言其能包裹之也大王亶父居邠翟人攻之事之以皮帛珠玉而弗受曰翟人之所求者地無以財物爲也大王亶父曰

自太王至此皆反道於身意

與人之兄居而殺其弟，與人之父處而殺其子，吾弗爲。皆勉處矣，爲吾臣與翟人奚以異？且吾聞之也，不以其所養害其養。杖策而去，民相連而從之，遂成國於岐山之下。大王亶父可謂能保生矣。雖富貴不以養傷身，雖貧賤不以利累形。今受其先人之爵祿，則必重失之，所自來者久矣，而輕失之，豈不惑哉！故老子曰：貴以身爲天下，則可以託天下；愛以身爲天下，乃可以寄天下矣。中山公子牟謂詹子曰：身處江海之上，心在魏闕之下，爲之奈何？詹子曰：重生。重生則

輕利。中山公子牟曰：雖知之，猶不能自勝。詹子曰：不能自勝則從之，從之神無怨乎？不能自勝而強弗從者，此之謂重傷。重傷之人無壽類矣。故老子曰：知和曰常，知常曰明，益生曰祥，心使氣曰強。是故用其光，復歸其明也。楚莊王問詹何曰：治國奈何？對曰：何明於治身，而不明於治國？楚王曰：寡人得立宗廟社稷，願學所以守之。詹何對曰：臣未嘗聞身治而國亂者也，未嘗聞身亂而國治者也。故本任於身，不敢對以末。楚王曰：善。故老子曰：脩之身，其德乃真也。桓公讀

道在於精不在於粗

書於堂輪人斵輪於堂下釋其椎鑿而問桓公曰君之所讀書者何書也桓公曰聖人之書輪扁曰其人在焉桓公曰已死矣輪扁曰是直聖人之糟粕耳桓公悖然作色而怒曰寡人讀書工人焉得而譏之哉有說則可無說則死輪扁曰然有說臣試以臣之斵輪語之大疾則苦而不入大徐則甘而不固不甘不苦應於手厭於心而可以至妙者臣不能以教臣之子而臣之子亦不能得之於臣是以行年七十老而爲輪今聖人之所言者亦以懷其實窮而死獨其糟

宋君不知道

粕在耳故老子曰道可道非常道名可名非常名昔者司城子罕相宋謂宋君曰夫國家之安危百姓之治亂在君行賞罰夫爵賞賜予民之所好也君自行之殺戮刑罰民之所怨也臣請當之宋君曰善寡人當其美子受其怨寡人自知不爲諸侯笑矣國人皆知殺戮之專制在子罕也大臣親之百姓畏之居不至期年子罕遂刼宋君而專其政故老子曰魚不可脫於淵國之利器不可以示人王壽負書而行見徐馮於周徐馮曰事者應變而動變生於時故知時者

書亦粗也

庶幾知自保之道

柔制剛弱制強明明訓也

無常行書者言之所出也言出於知者知者藏書於是王壽乃焚書而舞之故老子曰多言數窮不如守中令尹子佩請飲莊王莊王許諾子佩䟽揖北面立於殿下曰昔者君王許之今不果往意者臣有罪乎莊王曰吾聞子具於強臺強臺者南望料山以臨方皇左江而右淮其樂忘死若吾薄德之人不可以當此樂也恐留而不能反故老子曰不見可欲使心不亂晉公子重耳出亡過曹無禮焉釐負羈之妻謂釐負羈曰君無禮於晉公子吾觀其從者皆賢人也若

以相夫子反晉國必伐曹子何不先加德焉釐負羈遺之壺餕而加璧焉重耳受其餕而反其璧及其反國起師伐曹剋之令三軍無入釐負羈之里故老子曰曲則全枉則直越王勾踐與吳戰而不勝國破身亡困於會稽忿心張膽氣如涌泉選練甲卒赴火若滅然而請身爲臣妻爲妾親執戈爲吳兵先馬走果擒之於干遂故老子曰柔之勝剛也弱之勝強也天下莫不知而莫之能行越王親之故霸中國趙簡子死未葬中牟入齊已葬五日襄子起兵攻圍之未合

此段議論大都斲輪者相似

於道也亦然故知之難行之益難

而城自壞者十丈襄子擊金而退之軍吏諫曰君誅中年之罪而城自壞是天助我何故去之襄子曰吾聞之叔向曰君子不乘人於利不迫人於險使之治城城治而後攻之中年聞其義乃請降故老子曰夫唯不爭故天下莫能與之爭秦穆公請伯樂曰子之年長矣子姓有可使求馬者乎對曰良馬者可以形容筋骨相也相天下之馬者若滅若失若亡其一若此馬者絶塵弭轍臣之子皆下材也可告以良馬而不可告以天下之馬臣有所與供儋纆采薪者九方

堙此其於馬非臣之下也請見之穆公見之使之求馬三月而反報曰已得馬矣在於沙丘穆公曰何馬也對曰牡而黃使人往取之牝而驪穆公不說召伯樂而問之曰敗矣子之所使求者毛物牝牡弗能知又何馬之能知伯樂喟然大息曰一至此乎是乃其所以千萬臣而無數者也若堙之所觀者天機也得其精而忘其粗在內而忘其外見其所見而不見其所不見視其所視而遺其所不視若彼之所相者乃有貴乎馬者馬至而果千里之馬故老子曰大直若

屈大巧若拙吳起爲楚令尹適魏問屈宜若曰王不知起之不肖而以爲令尹先生試觀起之爲人也屈子曰將奈何吳起曰將衰楚國之爵而平其制祿損其有餘而綏其不足砥礪甲兵時爭利於天下屈子曰宜若聞之昔善治國家者不變其故不易其常今子將衰楚國之爵而平其制祿損其有餘而綏其不足是變其故易其常也行之者不利宜若聞之曰怒者逆德也兵者凶器也爭者人之所本也今子陰謀逆德好用凶器始人之所本逆之至也且子用魯兵

不宜得志於齊而得志焉子用魏兵不宜得志於秦而得志焉宜若聞之非禍人不能成禍吾固惑吾王之數逆天道戾人理至今無禍差須夫子也吳起惕然曰尚可更乎屈子曰成形之徒不可更也子不若敦愛而篤行之老子曰挫其銳解其紛和其光同其塵晉伐楚三舍不止大夫請擊之莊王曰先君之時晉不伐楚及孤之身而晉伐楚是孤之過也若何其辱羣大夫曰先臣之時晉不伐楚今臣之身而晉伐楚此臣之罪也請三擊之王俛而泣涕沾襟起而拜

吳起之禍宋景之福道可知矣應可知矣

羣大夫晉人聞之曰君臣爭以過爲在已且輕下其臣不可伐也夜還師而歸老子曰能受國之垢是謂社稷王宋景公之時熒惑在心公懼召子韋而問焉曰熒惑在心何也子韋曰熒惑天罰也心宋分野禍且當君雖然可移於宰相公曰宰相所使治國家也而移死焉不祥子韋曰可移於民公曰民死寡人誰爲君乎寧獨死耳子韋曰可移於歲公曰歲民之命歲饑民必死矣爲人君而欲殺其民以自活也其誰以我爲君者乎是寡人之命固已盡矣子韋無復言

矣子韋還走北面再拜曰敢賀君天之處高而聽卑君有君人之言三天必有三賞君今夕星必徙三舍君延年二十一歲公曰子奚以知之對曰君有君人之言三故有三賞星必三徙舍舍行七里三七二十一故君移年二十一歲臣請伏於陛下以伺之星不徙臣請死之公曰可是夕也星果三徙舍故老子曰能受國之不祥是謂天下王昔者公孫龍在趙之時謂弟子曰人而無能者龍不與遊有客衣褐帶索而見曰臣能呼公孫龍顧謂弟子曰門下故有能呼

知所取人不責備意

即前能處勝持盈意

愈進愈深

者乎對曰無有公孫龍曰與之弟子之籍後數日往說燕王至於河下而航在一汜使善呼之一呼而航來故曰聖人之處世不逆有伎能之士故老子曰人無棄人物無棄物是謂襲明子發攻蔡踰之宣王郊迎列田百頃而封之執圭子發辭不受曰治國立政諸侯入賓此君之德也發號施令師未合而敵遁此將軍之威也兵陳戰而勝敵者此庶民之力也夫乘民之功勞而取其爵祿者非仁義之道也故辭而弗受故老子曰功成而不居夫唯不居是以不去晉文

公伐原與大夫期三日三日而原不降文公令去之軍吏以原不過一二日將降矣君曰吾不知原三日而不可得下也以與大夫期盡而不罷失信得原吾弗爲也原人聞之曰有君若此可弗降也遂降溫人聞亦請降故老子曰窈兮冥兮其中有精其精甚眞其中有信故美言可以市尊美行可以加人公儀休相魯而嗜魚一國獻魚公儀子不受其弟子諫曰夫子嗜魚弗受何也答曰夫唯嗜魚故弗受夫受魚而免於相雖嗜魚不能自給魚毋受魚而不免於相則

惟其謙下故能自保

能長自給魚此明於爲人爲已者也故老子曰後其身而身先外其身而身存非以其無私邪故能成其私一曰知足不辱狐丘丈人謂孫叔敖曰人有三怨子知之乎孫叔敖曰何謂也對曰爵高者士妬之官大者王惡之祿厚者怨處之孫叔敖曰吾爵益高吾智益下吾官益大吾心益小吾祿益厚吾施益博是以免三怨可乎故老子曰貴必以賤爲本高必以下爲基大司馬捶鉤者年八十矣而不失鉤芒大司馬曰子巧邪有道邪曰臣有守也臣年二十好捶鉤於

道以久而後得

物無視也非鉤無察也是以用之者必假於弗用也而以長得其用而況持不用者乎物孰不濟焉故老子曰從事於道者同於道文王砥德修政三年而天下二垂歸之紂聞而患之曰余夙與夜寐與之競行則苦心勞形縱而置之恐伐余一人崇侯虎曰周伯昌行仁義而善謀太子發勇敢而不疑中子旦恭儉而知時若與之從則不堪其殃縱而赦之身必危亡冠雖弊必加於頭及未成請圖之屈商乃拘文王於羑里於是散宜生乃以千金求天下之珍怪得騶虞

聖人自無死地非老氏說也

雞斯之乘玄玉百工大貝百朋玄豹黃羆青犴白虎文皮千合以獻於紂因費仲而通紂見而說之乃免其身殺牛而賜之文王歸乃爲玉門築靈臺相女童擊鍾鼓以待紂之失也紂聞之曰周伯昌改道易行吾無憂矣乃爲炮烙剖比干剔孕婦殺諫者文王乃遂其謀故老子曰知其榮守其辱爲天下谷成王問政於尹佚曰吾何德之行而民親其上對曰使之時而敬順之王曰其度安至曰如臨深淵如履薄氷王曰懼哉王人乎尹佚曰天地之間四海之內善之則

此見道之無往不在

吾畜也不善則吾讎也昔夏商之臣反讎桀紂而臣湯武宿沙之民皆自攻其君而歸神農此世之所明知也如何其無懼也故老子曰人之所畏不可不畏也跖之徒問跖曰盜亦有道乎跖曰奚適其無道也夫意而中藏者聖也入先者勇也出後者義也分均者仁也知可否者智也五者不備而能成大盜者天下無之由此觀之盜賊之心必託聖人之道而後可行故老子曰絕聖棄智民利百倍楚將子發好求技道之士楚有善爲偷者往見曰聞君求技道之士臣

此見其深於道然非所以論回也

偷也願以技齎一卒子發聞之衣不給帶冠不暇正出見而禮之左右諫曰偷者天下之盜也何爲之禮君曰此非左右之所得與後無幾何齊興兵伐楚子發將師以當之兵三却楚賢良大夫皆盡其計而悉其誠齊師愈強於是市偷進請曰臣有薄技願爲君行之子發曰諾不問其辭而遣之偷則夜解齊將軍之幬帳而獻之子發因使人歸之曰卒有出薪者得將軍之帷使歸之於執事明又復往取其枕子發又使人歸之明日又復往取其簪子發又使歸之齊師

聞之大駭將軍與軍吏謀曰今日不去楚君恐取吾頭乃還師而去故曰無細而能薄在人君用之耳故老子曰不善人善人之資也顔回謂仲尼曰回益矣仲尼曰何謂也曰回忘禮樂矣仲尼曰可矣猶未也異日復見曰回益矣仲尼曰何謂也曰回忘仁義矣仲尼曰可矣猶未也異日復見曰回坐忘矣仲尼蘧然曰何謂坐忘顔回曰隳支體黜聰明離形去知洞於化通是謂坐忘仲尼曰洞則無善也化則無常矣而夫子薦賢丘請從之後故老子曰載營魄抱一能

秦穆始不知道終而能悔故見稱於書

無離乎專氣至柔能如嬰兒乎秦穆公興師將以襲鄭蹇叔曰不可臣聞襲國者以車不過百里以人不過三十里爲其謀未及發泄也甲兵未及銳弊也糧食未及乏絶也人民未及罷病也皆以其氣之高與其力之盛至是以犯敵能威今行數千里又數絶諸侯之地以襲國臣不知其可也君重圖之穆公不聽蹇叔送師衰絰而哭之師遂行過周而東鄭賈人弦高矯鄭伯之命以十二牛勞秦師而賓之三帥乃懼而謀曰吾行數千里以襲人未至而人巳知之其備

必先成不可襲也還師而去當此之時晉文公適薨未葬先軫言於襄公曰昔吾先君與穆公交天下莫不聞諸侯莫不知今吾君薨未葬而不弔吾喪而不假道是死吾君而弱吾孤也請擊之襄公許諾先軫舉兵而與秦師遇於殽大破之擒其三帥以歸穆公聞之素服廟臨以說於衆故老子曰知而不知尚矣不知而知病也齊王后死王欲置后而未定使羣臣議薛公欲中王之意因獻十珥而美其一旦日因問美珥之所在因勸立以爲王后齊王大説遂尊重薛

道不可使人窺

公故人主之意欲見於外則爲人臣之所制故老子曰塞其兑閉其門終身不勤盧敖游乎北海經乎太陰入乎玄闕至於蒙穀之上見一士焉深目而玄鬢淚注而鳶肩豐上而殺下軒軒然方迎風而舞顧見盧敖慢然下其臂遯逃乎碑盧敖就而視之方倦龜殼而食蛤梨盧敖與之語曰唯敖爲背羣離黨窮觀於六合之外者非敖而已乎敖幼而好游至長不渝周行四極唯北陰之未闚今卒睹夫子於是子殆可與敖爲友乎若士者齤然而笑曰嘻子中州之民寧

肯而遠至此此猶光乎日月而載列星陰陽之所行四時之所生其比夫不名之地猶窔奧也若我南游乎岡㝗之野北息乎沉墨之鄉西窮冥冥之黨東開鴻濛之先此其下無地而上無天聽焉無聞視焉無矚此其外猶有汰沃之汜其餘一舉而千萬里吾猶未能之在今子游始於此乃語窮觀豈不亦遠哉然子處矣吾與汗漫期於九垓之外吾不可以久駐若士舉臂而竦身遂入雲中盧敖仰而視之弗見乃止駕止柸治悖若有喪也曰吾比夫子猶黃鵠與壤蟲

所見不同而道因之得失

所尚亦有不同

罔兩光耀本莊子寓言又引以証莊老之言如夢中說夢

也終日行不離咫尺而自以爲遠豈不悲哉故莊子曰小人不及大人小知不及大知朝菌不知晦朔蟪蛄不知春秋此言明之有所不見也季子治亶父三年而巫馬期絻衣短褐易容貌往觀化焉見得魚釋之巫馬期問曰凡子所爲魚者欲得也今得而釋之何也漁者對曰季子不欲人取小魚也所得者小魚是以釋之巫馬期歸以報孔子曰季子之德至矣使人闇行若有嚴刑在其側者季子何以至於此孔子曰丘嘗聞之以治言曰誠於此者刑於彼季子必行

此術也故老子曰去彼取此罔兩問於景曰昭昭者神明也景曰非也罔兩曰子何以知之景曰扶桑受謝日照宇宙昭昭之光輝燭四海闔戶塞牖則無由入矣若神明四通並流無所不及上際於天下蟠於地化育萬物而不可爲象俛仰之間而撫四海之外昭昭何足以明之故老子曰天下之至柔馳騁天下之至堅光耀問於無有曰子果有乎其果無有乎無有弗應也光耀不得問而就視其狀貌冥然忽然視之不見其形聽之不聞其聲搏之不可得望之不可

執一而不通者不能知道 張賓王曰破拘士之胸目

張賓王曰廓苛士之肺腸

明察炫於外道所不貴晏子得之

倕而使齕其指先王以見大巧之不可也故愼子曰匠人知爲門能以門所以不知門也故必杜然後能門墨者有田鳩者欲見秦惠王約車申轅留於秦周年不得見客有言之楚王者往見楚王楚王甚悅之予以節使於秦至因見予之將軍之節惠王甚說之出舍喟然而歎告從者曰吾留秦三年不得見不識道之可以從楚也物故有近之而遠遠之而近者故大人之行不掩以繩至所極而已矣此所謂筦子梟飛而維繩者豐水之深千仞而不受塵垢投金鐵鍼

焉則形見於外非不深且清也魚鼈龍蛇莫之肯歸也是故石上不生五穀禿山不游麋鹿無所陰蔽隱也昔趙文子問於叔向曰晉六將軍其孰先亡乎對曰中行知氏文子曰何乎對曰其爲政也以苛爲察以切爲明以刻下爲忠以計多爲功譬之猶廓革者也廓之大則大矣裂之道也故老子曰其政悶悶其民醇醇其政察察其民缺缺景公謂太卜曰子之道何能對曰能動地晏子往見公公曰寡人問太卜曰子之道何能對曰能動地地可動乎晏子默然不對

以秋駕尹需反走北面再拜曰臣有天幸今夕固夢受之故老子曰致虛極守靜篤萬物並作吾以觀其復也昔孫叔敖三得令尹無喜志三去令尹無憂色延陵季子吳人願一以爲王而不肯許由讓天下而弗受晏子與崔杼盟臨死地不變其儀此皆有所遠通也精神通於死生則物孰能惑之荆有佽非得寶劍於干隊還反度江至於中流陽侯之波兩蛟俠繞其船佽非謂枻船者曰嘗有如此而得活者乎對曰未嘗見也於是佽非瞑目敦然攘臂拔劍曰武士可

此亦寓言也求道者亦若此類有不得者乎

以仁義之禮說也不可劫而奪也此江中之腐肉朽骨棄劍而已余有奚愛焉赴江刺蛟遂斷其頭船中人盡活風波畢除荆爵爲執圭孔子聞之曰夫善載腐肉朽骨棄劍者佽非之謂乎故老子曰夫唯無以生爲者是賢於貴生焉齊人淳於髡以從說魏王魏王辯之約車十乘將使荆辭而行人以爲從未足也復以衡說其辭若然魏王乃止其行而疏其身失從心志而有不能成衡之事是其所以固也夫言有宗事有本失其宗本技能雖多不若其寡也故周鼎著

執一而不通者不能知道
張賓王曰破拘士之胸目

任而使斲其指先王以見大巧之不可也故慎子曰匠人知爲門能以門所以不知門也故必杜然後能門墨者有田鳩者欲見秦惠王約車申轅留於秦周年不得見客有言之楚王者往見楚王楚王甚悅之予以節使於秦至因見予之將軍之節惠王甚說之出舍喟然而歎告從者曰吾留秦三年不得見不識道之可以從楚也物故有近之而遠遠之而近者故大人之行不掩以繩至所極而已矣此所謂筦子梟飛而維繩者豐水之深千仞而不受塵垢投金鐵鍼

張賓王曰廓苛士之肺腸

明察炫於外道所不貴晏子得之

焉則形見於外非不深且清也魚鼈龍蛇莫之肯歸也是故石上不生五穀禿山不游麋鹿無所陰蔽隱也昔趙文子問於叔向曰晉六將軍其孰先亡乎對曰中行知氏文子曰何乎對曰其爲政也以苛爲察以切爲明以刻下爲忠以計多爲功譬之猶廓革者也廓之大則大矣裂之道也故老子曰其政悶悶其民醇醇其政察察其民缺缺景公謂太卜曰子之道何能對曰能動地晏子往見公公曰寡人問太卜曰子之道何能對曰能動地地可動乎晏子默然不對

忠孝之名不得已而有之道則無事於此而相忘耳

此其本旨

出見太卜曰昔吾見句星在房心之間地其動乎太卜曰然晏子出太卜走往見公曰臣非能動地地固將動也田子陽聞之曰晏子默然不對者不欲太卜之死往見太卜者恐公之欺也晏子可謂忠於上而惠於下矣故老子曰方而不割廉而不劌魏文侯觴諸大夫於曲陽飲酒酣文侯喟然嘆曰吾獨無豫讓以爲臣子蹇重舉白而進之曰請浮君君曰何也對曰臣聞之有命之父母不知孝子有道之君不知忠臣夫豫讓之君亦何如哉文侯受觴而飲釂不獻曰

無管仲鮑叔以爲臣故有豫讓之功故老子曰國家昏亂有忠臣孔子觀桓公之廟有器焉謂之宥卮孔子曰善哉予得見此器顧曰弟子取水水至灌之其中則正其盈則覆孔子造然革容曰善哉持盈者乎子貢在側曰請問持盈曰益而損之曰何謂益而損之曰夫物盛而衰樂極則悲日中而移月盈而虧是故聰明睿智守之以愚多聞博辯守之以儉武力毅勇守之以畏富貴廣大守之以陋德施天下守之以讓此五者先王所以守天下而弗失也反此五者未

帝王之道恐不如此

張賓王曰卒乎無名

嘗不危也故老子曰保此道者不欲盈夫唯不盈故能弊而不新成武王問太公曰寡人伐紂天下是臣殺其主而下伐其上也吾恐後世之用兵不休鬭爭不已為之奈何太公曰甚善王之問也夫未得獸者唯恐其創之小也已得之唯恐傷肉之多也王若欲久持之則塞民於兑道全為無用之事煩擾之教彼皆樂其業佚其情昭昭而道冥冥於是乃去其瞀而載之木解其劍而帶之笏為三年之喪令類不蕃高辭卑讓使民不爭酒肉以通之竽瑟以娛之鬼神以畏之繁文滋禮以弇其質厚葬久喪以亶其家含珠鱗施綸組以貧其財深鑿高壟以盡其力家貧族少慮患者寡以此移風可以持天下弗失故老子曰化而欲作吾將鎮之以無名之樸也

茅鹿門曰此篇大段以弱為强以柔為剛以晦為明不飾於外而求諸内不必勝人而能反己以淵默為道而天下服之為應

張賓王曰段段解老法自韓非中拂管莊二段

張賓王曰文氣濶大雄駿上古如此若民風不改聖人何事於許多制度

淮南鴻烈解卷十三

氾論訓

古者有鍪而綣領以王天下者矣其德生而不辱予而不奪天下不非其服同懷其德當此之時陰陽和平風雨時節萬物蕃息烏鵲之巢可俯而探也禽獸可羈而從也豈必褒衣博帶句襟委章甫哉古者民澤處復穴冬日則不勝霜雪霧露夏日則不勝暑熱蟁䖟聖人乃作爲之築土構木以爲宫室上棟下宇以蔽風雨以避寒暑而百姓安之伯余之初作衣也

緂麻索縷手經指挂其成猶網羅後世爲之機杼勝複以便其用而民得以揜形御寒古者剡耜而耕摩蜃而耨木鉤而樵抱甀而汲民勞而利薄後世爲之耒耜耰鉏斧柯而樵桔臯而汲民逸而利多焉古者大川名谷衝絶道路不通往來也乃爲窬木方版以爲舟航故地勢有無得相委輸乃爲靻蹻而超千里肩負儋之勤也而作爲之揉輪建輿駕馬服牛民以致遠而不勞爲鷙禽猛獸之害傷人而無以禁御也而作爲之鑄金鍛鐵以爲兵刃猛獸不能爲害故民

聖人因時制宜何待古法後皆極論此意

此即三代不同禮五帝不沿樂意

迫其難則求其便困其患則操其備人各以其所知去其所害就其所利常故不可循器械不可因也則先王之法度有移易者矣古之制婚禮不稱主人舜不告而娶非禮也立子以長文王舍伯邑考而用武王非制也禮三十而娶文王十五而生武王非法也夏后氏殯於阼階之上殷人殯於兩楹之間周人殯於西階之上此禮之不同者也有虞氏用瓦棺夏后氏堲周殷人用槨周人牆置翣此葬之不同者也夏后氏祭於闇殷人祭於陽周人祭於日出以朝此祭

之不同者也堯大章舜九韶禹大夏湯大濩周武象此樂之不同者也故五帝異道而德覆天下三王殊事而名施後世此皆因時變而制禮樂者譬猶師曠之施瑟柱也所推移上下者無寸尺之度而靡不中音故通於禮樂之情者能作音有本主於中而以知榘矱之所周者也魯昭公有慈母而愛之死爲之練冠故有慈母之服陽侯殺蓼侯而竊其夫人故大饗廢夫人之禮先王之制不宜則廢之末世之事善則著之是故禮樂未始有常也故聖人制禮樂而不制

此立論本旨

於禮樂治國有常而利民爲本政教有經而令行爲上苟利於民不必法古苟周於事不必循舊夫夏商之衰也不變法而亡三代之起也不相襲而王故聖人法與時變禮與俗化衣服器械各便其用法度制令各因其宜故變古未可非而循俗未足多也百川異源而皆歸於海百家殊業而皆務於治王道缺而詩作周室廢禮義壞而春秋作詩春秋學之美者也皆衰世之造也儒者循之以教導於世豈若三代之盛哉以詩春秋爲古之道而貴之又有未作詩春秋

不襲常而變通所謂道也

之時夫道其缺也不若道其全也誦先王之詩書不若聞得其言聞得其言不若得其所以言得其所以言者言弗能言也故道可道者非常道也周公事文王也行無專制事無由己身若不勝衣言若不出口有奉持於文王洞洞屬屬如將不勝恐失之可謂能子矣武王崩成王幼少周公繼文王之業履天子之籍聽天下之政平夷狄之亂誅管蔡之罪負扆而朝諸侯誅賞制斷無所顧問威動天地聲懾海內可謂能武矣成王既壯周公屬籍致政北面委質而臣事

聖人一身而三變況治天下時移勢改其可執乎

事即道之所行道有定理事無定用

古今民風不同故法不可不變

之請而後爲復而後行無擅恣之志無伐矜之色可謂能臣矣故一人之身而三變者所以應時矣何況乎君數易世國數易君人以其位達其好憎以其威勢供嗜欲而欲以一行之禮一定之法應時偶變其不能中權亦明矣故聖人所由曰道所爲曰事道猶金石一調不更事猶琴瑟每絃改調故法制禮義者治人之具也而非所以爲治也故仁以爲經義以爲紀此萬世不更者也若乃人考其身才而時省其用雖日變可也天下豈有常法哉當於世事得於人理

順於天地祥於鬼神則可以正治矣古者人醇工龎商樸女重是以政教易化風俗易移也今世德益衰民俗益薄欲以樸重之法治既弊之民是猶無鏑銜橛策錣而御馯馬也昔者神農無制令而民從唐虞有制令而無刑罰夏后氏不負言殷人誓周人盟逮至當今之世忍詢而輕辱貪得而寡羞欲以神農之道治之則其亂必矣伯成子高辭爲諸侯而耕天下高之今之時人辭官而隱處爲鄉邑之下豈可同哉古之兵弓劍而已矣槽矛無擊脩戟無刺晚世之兵

古今不同如此

古聖人尚不執

因時推移非識道不能

隆衝以攻渠幨以守連弩以射銷車以鬭古之伐國不殺黃口不獲二毛於古爲義於今爲笑古之所以爲榮者今之所以爲辱也古之所以爲治者今之所以爲亂也夫神農伏羲不施賞罰而民不爲非然而立政者不能廢法而治民舜執干戚而服有苗然而征伐者不能釋甲兵而制彊暴由此觀之法度者所以論民俗而節緩急也器械者因時變而制宜適也夫聖人作法而萬物制焉賢者立禮而不肖者拘焉制法之民不可與遠舉拘禮之人不可使應變耳不

知清濁之分者不可令調音心不知治亂之源者不可令制法必有獨聞之耳獨見之明然後能擅道而行矣夫殷變夏周變殷春秋變周三代之禮不同何古之從大人作而弟子循知法治所由生則應時而變不知法治之源雖循古終亂今世之法籍與時變禮義與俗易爲學者循先襲業據籍守舊教以爲非此不治是猶持方枘而周員鑿也欲得宜適致固焉則難矣今儒墨者稱三代文武而弗行是言其所不行也非今時之世而弗改是行其所非也稱其所是

執一不能適治

天道與時變化聖人亦然乃所謂道

陰陽恩嚴刑愛皆不可執

此執於柔者

行其所非是以盡日極慮而無益於治勞形竭智而無補於主也今夫圖工好畫鬼魅而憎圖狗馬者何也鬼魅不世出而狗馬可日見也夫存危治亂非智不能而道先稱古雖愚有餘故不用之法聖王弗行不驗之言聖王弗聽天地之氣莫大於和和者陰陽調日夜分而生物春分而生秋分而成生之與成必得和之精故聖人之道寬而栗嚴而溫柔而直猛而仁太剛則折太柔則卷聖人正在剛柔之間乃得道之本積陰則沉積陽則飛陰陽相接乃能成和夫繩

之爲度也可卷而伸也引而直之可直而睎故聖人以身體之夫脩而不横短而不窮直而不剛久而不忘者其唯繩乎故恩推則懦懦則不威嚴推則猛猛則不和愛推則縱縱則不令刑推則虐虐則無親昔者齊簡公釋其國家之柄而專任其大臣將相攝威擅勢私門成黨而公道不行故使陳成田常鴟夷子皮得成其難使呂氏絕祀而陳氏有國者此柔懦所生也鄭子陽剛毅而好罰其於罰也執而無赦舍人有折弓者畏罪而恐誅則因猘狗之驚以殺子陽此

此執於剛者皆致亂而不能治

此見剛柔並用尚有主於中而得其道非徇外矯拂為也

中無主者亦然

此中有主者

剛猛之所致也今不知道者見柔懦者侵則矜爲剛毅見剛毅者亡則矜爲柔懦此本無主於中而見聞舛馳於外者也故終身而無所定趨譬猶不知音者之歌也濁之則鬱而無轉清之則燋而不謳及至韓娥秦青薛談之謳侯同曼聲之歌憤於志積於內盈而發音則莫不比於律而和於人心何則中有本主以定清濁不受於外而自爲儀表也今夫盲者行於道人謂之左則左謂之右則右遇君子則易道遇小人則陷溝壑何則目無以接物也故魏兩用樓翟吳

起而亡西河湣王專用淖齒而死於東廟無術以御之也文王兩用呂望召公奭而王楚莊王專任孫叔敖而霸有術以御之也夫弦歌鼓舞以爲樂盤旋揖讓以修禮厚葬久喪以送死孔子之所立也而墨子非之兼愛尚賢右鬼非命墨子之所立也而楊子非之全性保真不以物累形楊子之所立也而孟子非之趨捨人異各有曉心故是非有處得其處則無非失其處則無是丹穴太蒙反踵空同大夏北戶奇肱脩股之民是非各異習俗相反君臣上下夫婦父子

此又非禹時矣

時又一變矣

有以相使也此之是非彼之是也此之非非彼之非也譬若斤斧椎鑿之各有所施也禹之時以五音聽治懸鐘鼓磬鐸置鞀以待四方之士為號曰教寡人以道者擊鼓論寡人以義者擊鐘告寡人以事者振鐸語寡人以憂者擊磬有獄訟者搖鞀當此之時一饋而十起一沐而三捉髮以勞天下之民此而不能達善效忠者則才不足也秦之時高為臺榭大為苑囿遠為馳道鑄金人發適戍入芻槀頭會箕賦輸於少府丁壯丈夫西至臨洮狄道東至會稽浮石南至

豫章桂林北至飛狐陽原道路死人以溝量當此之時忠諫者謂之不祥而道仁義者謂之狂逮至高皇帝存亡繼絕舉天下之大義身自奮袂執銳以為百姓請命於皇天當此之時天下雄儁豪英暴露於野澤前蒙矢石而後墮谿壑出百死而紿一生以爭天下之權奮武厲誠以決一旦之命當此之時豐衣博帶而道儒墨者以為不肖逮至暴亂已勝海內大定繼文之業立武之功履天子之圖籍造劉氏之貌冠總鄒魯之儒墨通先聖之遺教戴天子之旗乘大路

又一變矣於本朝事獨詳

唯見不廣大故文武各執於一

在得道不在大小

聖人先見如此

建九斿撞大鐘擊鳴鼓奏咸池揚干戚當此之時有立武者見疑一世之間而文武代爲雌雄有時而用也今世之爲武者則非文也爲文者則非武也文武更相非而不知時世之用也此見隅曲之一指而不知八極之廣大也故東面而望不見西牆南面而視不覩北方唯無所嚮者則無所不通國之所以存者道德也家之所以亡者理塞也堯無百戶之郭舜無置錐之地以有天下禹無十人之衆湯無七里之分以王諸侯文王處岐周之間也地方不過百里而立

爲天子者有王道也夏桀殷紂之盛也人跡所至舟車所通莫不爲郡縣然而身死人手而爲天下笑者有亡形也故聖人見化以觀其徵德有盛衰風先萌焉故得王道者雖小必大有亡形者雖成必敗夫夏之將亡太史令終古先奔於商三年而桀乃亡殷之將敗也太史令向藝先歸文王朞年而紂乃亡故聖人之見存亡之迹成敗之際也非待鳴條之野甲子之日也今謂彊者勝則度地計衆富者利則量粟稱金若此則千乘之君無不霸王者而萬乘之國無不

至此盡露前意存亡亦不可執大小而論

破亡者矣存亡之迹若此其易知也愚夫惷婦皆能論之趙襄子以晉陽之城霸智伯以三晉之地擒湣王以大齊亡田單以卽墨有功故國之亡也雖大不足恃道之行也雖小不可輕由此觀之存在得道而不在於大也亡在失道而不在於小也詩云乃眷西顧此惟與宅言去殷而遷於周也故亂國之君務廣其地而不務仁義務高其位而不務道德是釋其所以存而造其所以亡也故桀囚於焦門而不能自非其所行而悔不殺湯於夏臺紂拘於宣室而不反其

反覆辯論上意

存亡係道得失發越盡矣

過而悔不誅文王於羑里二君處彊大勢位修仁義之道湯武救罪之不給何謀之敢當若上亂三光之明下失萬民之心雖微湯武孰弗能奪也今不審其在已者而反備之於人天下非一湯武也殺一人則必有繼之者也且湯武之所以處小弱而能以王者以其有道也桀紂之所以處彊大而見奪者以其無道也今不行人之所以王者而反益已之所以奪是趨亡之道也武王克殷欲築宮於五行之山周公曰不可夫五行之山固塞險阻之地也使我德能覆之

周公求之於道不恃其險

則天下納其貢職者迴也使我有暴亂之行則天下之伐我難矣此所以三十六世而不奪也周公可謂能持滿矣昔者周書有言曰上言者下用也下言者上用也上言者常也下言者權也此存亡之術也唯聖人爲能知權言而必信期而必當天下之高行也直躬其父攘羊而子證之尾生與婦人期而死之直而證父信而溺死雖有直信孰能貴之夫三軍矯命過之大者也秦穆公興兵襲鄭過周而東鄭賈人弦高將西販牛道遇秦師於周鄭之間乃矯鄭伯之命

信過而誕功道何可泥也唯尚於事而已下亦此意

犒以十二牛賓秦師而却之以存鄭國故事有所至信反爲過誕反爲功何謂失禮而有大功昔楚恭王戰於陰陵潘尫養由基黃衰微公孫丙相與篡之恭王懼而失體黃衰微舉足蹵其體恭王乃覺怒其失禮奮體而起四大夫載而行昔蒼吾繞娶妻而美以讓兄此所謂忠愛而不可行者也是故聖人論事之局曲直與之屈伸偃仰無常儀表時屈時伸卑弱柔如蒲葦非攝奪也剛強猛毅志厲青雲非本矜也以乘時應變也夫君臣之接屈膝卑拜以相尊禮也至

聖人知道之權故能適治

其迫於患也則舉足蹵其體天下莫能非也是故忠之所在禮不足以難之也孝子之事親和顏卑體奉帶運履至其溺也則捽其髮而拯非敢驕侮以救其死也故溺則捽父祝則名君勢不得不然也此權之所設也故孔子曰可與共學矣而未可與適道也可與適道未可與立也可與立未可與權權者聖人之所獨見也故忤而後合者謂之知權合而後舛者謂之不知權不知權者善反醜矣故禮者實之華而僞之文也方於卒迫窮遽之中也則無所用矣是故聖

人以文交於世而以實從事於宜不結於一迹之塗凝滯而不化是故敗事少而成事多號令行於天下而莫之能非矣猩猩知往而不知來乾鵲知來而不知往此修短之分也昔者萇弘周室之執數者也天地之氣日月之行風雨之變律曆之數無所不通然而不能自知車裂而死蘇秦匹夫徒走之人也靻蹻嬴蓋經營萬乘之主服諸矦然不自免於車裂之患徐偃王被服慈惠身行仁義陸地之朝者三十二國然而身死國亡子孫無類大夫種輔翼越王句踐

惟聖人無所不知故有治而無亂

又反言執滯之不可

又歸結聖人之道如此

而爲之報怨雪耻擒夫差之身開地數千里然而身伏屬鏤而死此皆達於治亂之機而未知全性之具者故萇弘知天道而不知人事蘇秦知權謀而不知禍福徐偃王知仁義而不知時大夫種知忠而不知謀聖人則不然論世而爲之事權事而爲之謀是以舒之天下而不窕內之尋常而不塞使天下荒亂禮義絕綱紀廢彊弱相乘力征相攘臣主無差貴賤無序甲胄生蟣虱燕雀處帷幄而兵不休息而乃始服屬臾之貌恭儉之禮則必滅抑而不能與矣天下安

寧政教和平百姓肅睦上下相親而乃始立氣矜奮勇力則必不免於有司之法矣是故聖人者能陰能陽能弱能彊隨時而動靜因資而立功物動而知其反事萌而察其變化則爲之象運則爲之應是以終身行而無所困故事有可行而不可言者有可言而不可行者有易爲而難成者有難成而易敗者所謂可行而不可言者趨舍也可言而不可行者僞詐也易爲而難成者事也難成而易敗者名也此四策者聖人之所獨見而留意也誳寸而伸尺聖人爲之小

見取其大不當拘其小

枉而大直君子行之周公有殺弟之累齊桓有爭國之名然而周公以義補缺桓公以功滅醜而皆爲賢今以人之小過揜其大美則天下無聖王賢相矣故目中有疵不害於視不可灼也喉中有病無害於息不可鑿也河上之丘冢不可勝數猶之爲易也水激興波高下相臨差以尋常猶之爲平昔者曹子爲魯將兵三戰不勝亡地千里使曹子計不顧後足不旋踵刎頸於陳中則終身爲破軍擒將矣然而曹子不羞其敗恥死而無功柯之盟揄三尺之刃造桓公之

曹子管仲正不拘其小者

總出前意

胷三戰所亡一朝而反之勇聞於天下功立於魯國管仲輔公子糾而不能遂不可謂智遁逃奔走不死其難不可謂勇束縛桎梏不諱其恥不可謂貞當此三行者布衣弗友人君弗臣然而管仲免於累紲之中立齊國之政九合諸侯一匡天下使管仲出死捐軀不顧後圖豈有此霸功哉今人君論其臣也不計其大功總其略行而求其小善則失賢之數也故人有厚德無問其小節而有大譽無疵其小故夫牛蹏之涔不能生鱣鮪而蜂房不容鵠卵小形不足以包

亦即前意

見小節不足取

反覆不過上意

大體也夫人之情莫不有所短誠其大略是也雖有小過不足以爲累若其大略非也雖有閭里之行未足大舉夫顏喙聚梁父之大盜也而爲齊忠臣段干木晉國之大駔也而爲文侯師孟卯妻其嫂有五子焉然而相魏寧其危解其患景陽淫酒被髮而御於婦人威服諸侯此四人者皆有所短然而功名不滅者其略得也季襄陳仲子立節抗行不入洿君之朝不食亂世之食遂餓而死不能存亡接絶者何小節伸而大略屈故小謹者無成功訾行者不容於衆體

大者節疏蹠距者舉遠自古及今五帝三王未有能全其行者也故易曰小過亨利貞言人莫不有過而不欲其大也夫堯舜湯武世主之隆也齊桓晉文五霸之豪英也然堯有不慈之名舜有卑父之謗湯武有放弒之事五伯有暴亂之謀是故君子不責備於一人方正而不以割廉直而不以切博通而不以訾文武而不以責求於一人則任以人力自脩則以道德責人以人力易償也自脩以道德難爲也難爲則行高矣易償則求贍矣夫夏后氏之璜不能無考明

此以下見唯
聖人能知人
若前所謂不
拘小節者又
不可執也

月之珠不能無纇然而天下寶之者何也其小惡不
足妨大美也今志人之所短而忘人之所脩而求得
其賢於天下則難矣夫百里奚之飯牛伊尹之負鼎
太公之鼓刀甯戚之商歌其美有存焉者矣衆人見
其位之卑賤事之洿辱而不知其大畧以爲不肖及
其爲天子三公而立爲諸侯賢相乃始信於異衆也
夫發於鼎俎之間出於屠酤之肆解於累紲之中興
於牛領之下洗之以湯沐祓之以爟火立之於本朝
之上倚之於三公之位內不慙於國家外不愧於諸

侯符勢有以內合故未有功而知其賢者堯之知舜
功成事立而知其賢者市人之知舜也爲是釋度數
而求之於朝肆草莽之中其失人也必多矣何則能
効其求而不知其所以取人也夫物之相類者世主
之所亂惑也嫌疑肖象者衆人之所眩耀也故狠者
類知而非知愚者類仁而非仁戇者類勇而非勇使
人之相去也若玉之與石美之與惡則論人易矣夫
亂人者芎藭之與藁本也蛇牀之與麋蕪也此皆相
似者故劍工惑劍之似莫邪者唯歐冶能名其種玉

聖人知人如是

此言知人之法

工眩玉之似碧盧者唯猗頓不失其情闇主亂於姦臣小人之疑君子者唯聖人能見微以知明故蛇舉首尺而脩短可知也象見其牙而大小可論也薛燭庸子見若狐甲於劍而利鈍識矣史兒易牙淄澠之水合者嘗一哈水而甘苦知矣故聖人之論賢也見其一行而賢不肖分矣孔子辭廩丘終不盜刀鉤許由讓天子終不利封侯故未嘗灼而不敢握火者見其有所燒也未嘗傷而不敢握刃者見其有所害也由此觀之見者可以論未發也而觀小節可以知大

體矣故論人之道貴則觀其所舉富則觀其所施窮則觀其所不受賤則觀其所不爲貧則觀其所不取視其更難以知其勇動以喜樂以觀其守委以財貨以論其仁振以恐懼以知其節則人情備矣古之善賞者費少而勸衆善罰者刑省而姦禁善予者用約而爲德善取者入多而無怨趙襄子圍於晉陽罷圍而賞有功者五人高赫爲賞首左右曰晉陽之難赫無大功今爲賞首何也襄子曰晉陽之圍寡人社稷危國家殆羣臣無不有驕侮之心唯赫不失君臣之

亦可謂得知人之道

禮故賞一人而天下爲忠之臣者莫不願忠於其君此賞少而勸善者衆也齊威王設大鼎於庭中而數無鹽令曰子之譽日聞吾耳察子之事田野蕪倉廩虛囹圄實子以姦事我者也乃烹之齊以此三十二歲道路不拾遺此刑省姦禁者也秦穆公出遊而車敗右服失馬野人得之穆公追而及之岐山之陽野人方屠而食之穆公曰夫食駿馬之肉而不還飲酒者傷人吾恐其傷汝等徧飲而去之處一年與晉惠公爲韓之戰晉師圍穆公之車梁由靡扣穆公之驂

獲之食馬肉者三百餘人皆出死爲穆公戰於車下遂克晉虜惠公以歸此用約而爲德者也齊桓公將欲征伐甲兵不足令有罪者出犀甲一戟有輕罪者贖以金分訟而不勝者出一束箭百姓皆說乃矯箭爲矢鑄金而爲刃以伐不義而征無道遂霸天下此入多而無怨者也故聖人因民之所喜而勸善因民之所惡而禁姦故賞一人而天下譽之罰一人而天下畏之故至賞不費至刑不濫孔子誅少正卯而魯國之邪塞子產誅鄧析而鄭國之姦禁以近諭遠以

上叙幾人又結出聖人之用人如此亦以小制大也

廣譬博喻求復歸於聖人之治天下有道

小知大也故聖人守約而治廣者此之謂也天下莫易於爲善而莫難於爲不善也所謂爲善者靜而無爲也所謂爲不善者躁而多欲也適情辭餘無所誘惑循性保眞無變於己故曰爲善易越城郭踰險塞姦符節盜管金篡弑矯誣非人之性也故曰爲不善難今人所以犯囹圄之罪而陷於刑戮之患者由嗜慾無厭不循度量之故也何以知其然天下縣官法曰發墓者誅竊盜者刑此執政之所司也夫法令者綱其姦邪勒率隨其蹤跡無愚夫惷婦皆知爲姦之

無脫也犯禁之不得免也然而不材子不勝其欲蒙死亡之罪而被刑戮之羞然而立秋之後司寇之徒繼踵於門而死市之人血流於路何則惑於財利之得而蔽於死亡之患也夫今陳卒設兵兩軍相當將施令曰斬首拜爵而屈撓者要斬然而隊階之卒皆不能前遂斬首之功而後被要斬之罪是去恐死而就必死也故利害之反禍福之接不可不審也事或欲之適足以失之或避之適足以就之楚人有乘船而遇大風者波至而自投於水非不貪生而畏死也

惟聖人不惑於嗜欲

惑於恐死而反忘生也故人之嗜慾亦猶此也齊人有盜金者當市繁之時至掇而走勒問其故曰而盜金於市中何也對曰吾不見人徒見金耳志所欲則忘其爲矣是故聖人審動靜之變而適受與之度理好憎之情和喜怒之節夫動靜得則患弗過也受與適則罪弗累也好憎理則憂弗近也喜怒節則怨弗犯也故達道之人不苟得不讓福其有弗棄非其有弗索常滿而不溢恒虛而易足今夫霤水足以溢壺榼而江河不能實漏卮故人心猶是也自當以道術

人當以度量儉約自處則無害

利欲奪人性亦若此

度量食充虛衣御寒則足以養七尺之形矣若無道術度量而以自儉約則萬乘之勢不足以爲尊天下之富不足以爲樂矣孫叔敖三去令尹而無憂色爵祿不能累也荆佽非兩蛟夾繞其船而志不動怪物不能驚也聖人心平志易精神內守物莫足以惑之夫醉者俛入城門以爲七尺之閨也超江淮以爲尋常之溝也酒濁其神也怯者夜見立表以爲鬼也見寢石以爲虎也懼揜其氣也又況夫天地之怪物乎夫雌雄相接陰陽相薄羽者爲雛鷇毛者爲駒犢柔

常人之見與聖人異

聖人之見不能喻人故假此以立威

者爲皮肉堅者爲齒角人弗怪也水生蠬蜄山生金玉人弗怪也老槐生火久血爲燐人弗怪也山出嘄陽水生罔象木生畢方井生墳羊人怪之聞見鮮而識物淺也天下之怪物聖人之所獨見利害之反覆知者之所獨明達也同異嫌疑者世俗之所眩惑也夫見不可布於海內聞不可明於百姓是故因鬼神機祥而爲之立禁總形推類而爲之變象何以知其然也世俗言曰饗大高者而彘爲上牲葬死人者裘不可以藏相戲以刃者太祖軵其肘枕戶橉而卧者

鬼神蹠其首此皆不著於法令而聖人之所不口傳也夫饗大高而彘爲上牲者非彘能賢於野獸麋鹿也而神明獨饗之何也以爲彘者家人所常畜而易得之物也故因其便以尊之裘不可以藏者非能其綈綿曼帛温煖於身也世以爲裘者難得貴賈之物也而不可傳於後世無益於死者而足以養生故因其資以讋之相戲以刃太祖軵其肘者夫以刃相戲必爲過失過失相傷其患必大無涉血之讐爭忿鬭而以小事自內於刑戮愚者所不知忌也故因太祖

此聖人教人之意

以累其心枕戶橉而卧鬼神履其首者使鬼神能玄
化則不待戶牖之行若循虛而出入則亦無能履也
夫戶牖者風氣之所從往來而風氣者陰陽相捔者
也離者必病故託鬼神以伸誡之也凡此之屬皆不
可勝著於書策竹帛而藏於官府者也故以禨祥明
之爲愚者之不知其害乃借鬼神之威以聲其教所
由來者遠矣而愚者以爲禨祥而狠者以爲非唯有
道者能通其志今世之祭井竈門戶箕箒臼杵者非
以其神爲能饗之也恃賴其德煩苦之無已也是故

以時見其德所以不忘其功也觸石而出膚寸而合
不崇朝而雨天下者唯太山赤地三年而不絕流澤
及百里而潤草木者唯江河也是以天子秩而祭之
故馬免人於難者其死也葬之牛其死也葬以大車
爲薦牛馬有功猶不可忘又況人乎此聖人所以重
仁襲恩故炎帝於火而死爲竈禹勞天下而死爲社
后稷作稼穡而死爲稷羿除天下之害而死爲宗布
此鬼神之所以立北楚有任俠者其子孫數諫而止
之不聽也縣有賊大搜其廬事果發覺夜驚而走追

常人不明利害之反覆亦者此

道及之其所施德者皆爲之戰得免而遂反語其子曰汝數止吾爲俠今有難果賴而免身而諫我不可用也知所以免於難而不知所以無難論事如此豈不惑哉宋人有嫁子者告其子曰嫁未必成也有如出不可不私藏私藏而富其於以復嫁易其子聽父之計竊而藏之若公知其盜也逐而去之其父不自非也而反得其計知爲出藏財而不知藏財所以出也爲論如此豈不勃哉今夫僦載者救一車之任極一牛之力爲軸之折也有加轅軸其上以爲造不知

前反覆廣譬又總歸結治與道在聖人得之前意種種說出

軸轅之趣軸折也楚王之佩玦而逐菟爲走而破其玦也因佩兩玦以爲之豫兩玦相觸破乃逾疾亂國之治有似於此夫鴟目大而睡不若鼠蚈足衆而走不若蛇物固有大不若小衆不若少者及至夫彊之弱弱之彊危之安存之亡也非聖人孰能觀之大小尊卑未足以論也唯道之在者爲貴何以明之天子處於郊亭則九卿趨大夫走坐者伏倚者齊當此之時明堂太廟懸冠解劒緩帶而寢非郊亭大而廟堂狹小也至尊居之也天道之貴也非特天子之爲尊

又以帝王之得天道結前意

也。所在而衆仰之。夫蟄蟲鵲巢，皆嚮天一者，至和在焉爾。帝者誠能包稟道，合至和，則禽獸草木莫不被其澤矣，而況兆民乎？

張賓王曰：敘古今之變，别同異之分，而歸於得道之和，文特昌揚錯落。

[illegible]所在而衆命之夫[illegible]集[illegible]人一者至和[illegible]

[illegible]帝者誠能包禀道合至和則禽獸草木莫不被

其澤矣而況兆民乎

天下事物同歸一理聖人得其所御餘非所尚也一者虛而無為也中闔反覆慱喻總不出此

淮南鴻烈解卷十四

詮言訓

洞同天地渾沌為樸未造而成物謂之太一同出於一所為各異有鳥有魚有獸謂之分物方以類別物以羣分性命不同皆形於有隔而不通分而為萬物莫能及宗故動而為之生死而為之窮皆為物矣非不物而物物者也物物者亡乎萬物之中稽古太初人生於無形於有有形而制於物能反其所生若未有形謂之眞人眞人者未始分於太一者也聖人不以名尸不為謀府不為事任不為智主藏無形行無迹遊無朕不為福先不為禍始保於虛無動於不得已欲福者或為禍欲利者或離害故無為而寧者失其所以寧則危無事而治者失其所以治則亂星列於天而明故人指之義列於德而見故人視之人之所指動則有章人之所視行則有迹動有章則詞行有迹則議故聖人揜明於不形藏迹於無為王子慶忌死於劍羿死於桃棓子路菹於衛蘇秦死於口人莫不貴其所有而賤其所短然而皆溺其所貴而極

其所賤所貴者有形所賤者無朕也故虎豹之彊來
射猨貁之捷來措人能貴其所賤賤其所貴可與言
至論矣自信者不可以誹譽遷也知足者不可以勢
利誘也故通性之情者不務性之所無以爲通命之
情者不憂命之所無奈何通於道者物莫不足滑其
調詹何曰未嘗聞身治而國亂者也未嘗聞身亂而
國治者也矩不正不可以爲方規不正不可以爲員
身者事之規矩也未聞枉己而能正人者也原天命
治心術理好憎適情性則治道通矣原天命則不惑

禍福治心術則不妄喜怒理好憎則不貪無用適情
性則欲不過節不惑禍福則動靜循理不妄喜怒則
賞罰不阿不貪無用則不以欲用害性欲不過節則
養性知足凡此四者弗求於外弗假於人反己而得
矣天下不可以智爲也不可以慧識也不可以事治
也不可以仁附也不可以強勝也五者皆人才也德
不盛不能成一焉德立則五無殆五見則德無位矣
故得道則愚者有餘失道則智者不足度水而無游
數雖強必沉有游數雖羸必遂又況託於舟航之上

數句論治道關大體切日用

二句亦見道之言

乎爲治之本務在於安民安民之本在於足用足用之本在於勿奪時勿奪時之本在於省事省事之本在於節欲節欲之本在於反性反性之本在於去載去載則虛虛則平平者道之素也虛者道之舍也能有天下者必不失其國能有其國者必不喪其家能治其家者必不遺其身能脩其身者必不忘其心能原其心者必不虧其性能全其性者必不惑於道故廣成子曰愼守而內周閉而外多知爲敗毋視毋聽抱神以靜形將自正不得之己而能知彼者未之有

柔弱之説總不出老氏窠臼

也故易曰括囊無咎無譽能成霸王者也必得勝者也能勝敵者必強者也能強者必用人力者也能用人力者必得人心也能得人心者必自得者也能自得者必柔弱也強勝不若己者至於與同則格柔勝出於己者其力不可度故能以衆不勝成大勝者唯聖人能之善游者不學刺舟而便用之勁筋者不學騎馬而便居之輕天下者身不累於物故能處之泰王亶父處邠狄人攻之事之以皮幣珠玉而不聽乃謝耆老而徙岐周百姓攜幼扶老而從之遂成國焉推

正以柔勝

此段議論亦本聖人無爲之說然說得玄虛所以不可見之實用

此意四世而有天下不亦宜乎無以天下爲者必能治天下者霜雪雨露生殺萬物天無爲焉猶之貴天也厭文搔法治官理民者有司也君無事焉猶尊君也辟地墾草者后稷也決河濬江者禹也聽獄制中者皋陶也有聖名者堯也故得道以御者身雖無能必使能者爲已用不得其道伎藝雖多未有益也方船濟乎江有虛舟從一方來觸而覆之雖有忮心必無怨色有一人在其中一謂張之一謂歙之再三呼而不應必以醜聲隨其後向不怒而今怒向虛而今

實也人能虛已以遊於世孰能訾之釋道而任智者必危棄數而用才者必困有以欲多而亡者未有以無欲而危者也有以欲治而亂者未有以守常而失者也故智不足免患愚不足以至於失寧守其分循其理失之不憂得之不喜故成者非所爲也得者非所求也入者有受而無取出者有授而無予因春而生因秋而殺所生者弗德所殺者非怨則幾於道也聖人不爲可非之行不憎人之非已也修足譽之德不求人之譽已也不能使禍不至信已之不迎也不

有爲不若無爲之應

論禍福最詳而歸之天理

能使福必求信己之不攘也禍之至也非其求所至
故窮而不憂福之至也非其求所成故通而弗矜知
禍福之制不在於己也故閒居而樂無爲而治聖人
守其所以有不求其所未得求其所無則所有者亡
矣脩其所有則所欲者至故用兵者先爲不可勝以
待敵之可勝也治國者先爲不可奪以待敵之可奪
也舜修之歷山而海內從化文王修之岐周而天下
移風使舜趨天下之利而忘修己之道身猶弗能保
何尺地之有故治未固於不亂而事爲治者必危行

未固於無非而急求名者必剉也福莫大無禍利莫
美不喪動之爲物不損則益不成則毀不利則病皆
險也道之者危故秦勝乎戎而敗乎殽楚勝乎諸夏
而敗乎柏莒故道不可以勸而就利者而可以寧避
害者故常無禍不常有福常無罪不常有功聖人無
思慮無設儲來者弗迎去者弗將人雖東西南北獨
立中央故處衆枉之中不失其直天下皆流獨不離
其壇域故不爲善不避醜遵天之道不爲始不專己
循天之理不豫謀不棄時與天爲期不求得不辭福

可謂不詭於道

聖人能盡道而天下莫知是之謂神

不能盡道者與聖人相反

從天之則不求所無不失所得內無旁禍外無旁福禍福不生安有人賊爲善則觀爲不善則議觀則生貴議則生患故道術不可以進而求名而可以退而脩身不可以得利而可以離害故聖人不以行求名不以智見譽法脩自然已無所與慮不勝數行不勝德事不勝道爲者有不成求者有不得人有窮而道無不通與道爭則凶故詩曰弗識弗知順帝之則有智而無爲與無智者同道有能而無事與無能者同德其智也告之者至然後覺其動也使之者至然後

覺其爲也有智若無智有能若無能道理爲正也故功蓋天下不施其美澤及後世不有其名道理通而人僞滅也名與道不兩明人受名則道不用道勝人則名息矣道與人競長章人者息道者也人章道息則危不遠矣故世有聖名則衰之日至矣欲尸名者必爲善欲爲善者必生事事生則釋公而就私置數而任已欲見譽於爲善而立名於爲質則治不脩故而事不須時治不脩故則多責事不須時則無功責多功鮮無以塞之則妄發而邀當妄爲而要中功之

有爲者皆有心有欲者也故不能入道

用巧不若自然

成也不足以更責事之敗也不足以弊身故重爲善若重爲非而幾於道矣天下非無信士也臨貨分財必探籌而定分以爲有心者之於平不若無心者也天下非無廉士也然而守重寶者必關戶而全封以爲有欲者之於廉不若無欲者也人舉其疵則怨人鑑見其醜則善鑑人能接物而不與己焉則免於累矣公孫龍粲於辭而貿名鄧析巧辯而亂法蘇秦善說而亡國由其道則善無章脩其理則巧無名故以巧鬭力者始於陽常卒於陰以慧治國者始於治常

卒於亂使水流下孰弗能治激而上之非巧不能故文勝則質揜邪巧則正塞之也德可以自脩而不可以使人暴道可以自治而不可以使人亂雖有聖賢之寶不遇暴亂之世可以全身而未可以霸王也湯武之王也遇桀紂之暴也桀紂非以湯武之賢暴也湯武遭桀紂之暴而王也故雖賢王必待遇遇者能遭於時而得之也非智能所求而成也君子脩行而使善無名布施而使仁無章故士行善而不知善之所由來民贍利而不知利之所由出故無爲而自治

一者虛而無為也即前而聖人所能者

善有章則士爭名利有本則民爭功二爭者生雖有賢者弗能治故聖人揜跡於爲善而息名於爲仁也外交而爲援事大而爲安不若內治而待時凡事人者非以寶幣必以卑辭事以玉帛則貨殫而欲不饜卑體婉辭則諭說而交不結約束誓盟則約定而反無日雖割國之錙錘以事人而無自恃之道不足以爲全若誠外釋交之策而慎脩其境內之事盡其地力以多其積厲其民死以牢其城上下一心君臣同志與之守社稷斅死而民弗離則爲名者不伐無罪

而爲利者不攻難勝此必全之道也民有道所同道有法所同守爲義之不能相固威之不能相必也故立君以一民君執一則治無常則亂君道者非所以爲也所以無爲也何謂無爲智者不以位爲事勇者不以位爲暴仁者不以位爲患可謂無爲矣夫無爲則得於一也一也者萬物之本也無敵之道也凡人之性少則猖狂壯則暴強老則好利一身之身既數既變矣又況君數易法國數易君人以其位通其好憎下之徑衢不可勝理故君失一則亂甚於無君之

諸有章則上爭。名利有本則民爭。治一爭者無有
賢者能治。故理人排遊協為善而息。各為不仁也。
外交而為樣事。大而為安。不若內而治而精曉。凡事人也。
者非以寶幣。必以卑辭事以王命。則從禪而欲不屬。
卑體旅辭。則論說而文不結。約束盟。則約定而反
無日。雖剖固文飾辭以事人。而無自持之道。不足以
為全。若誠外釋交之義。而修其境內之事。盡其地
力。以多其積。厲其民死以守其城。上下一心。君臣同
志。與之守社稷。殘死而民弗離。則為名者不役無罪。

而為利者不攻難勝。此必全之道也。民有道所同道。
有法所同守。為義之不能相固。威之不能相必也。故
立君以一民。君執一則治。無常則亂。君道者非所以
為也。所以無為也。何謂無為。智者不以位為事貴。若
不以位為暴。千者不以位為患。可謂無為矣。夫無為
則符於一也。一也者。道物之本也。無敵之道也。凡人
之性。必則福往。生則暴適。若則好利。一身之身處
號變矣。又況君殺易法。國數易其君。人以其位通其方
譖下之徑濟。不可隊車夜行。不一則亂甚於無治之

智勇卽非一

任者自任非不任人也

勝心則不害性斯能執一

時故詩曰不愆不忘率由舊章此之謂也君好智則倍時而任己棄數而用慮天下之物博而智淺以淺贍博未有能者也獨任其智失必多矣故好智窮術也好勇則輕敵而簡備自偩而辭助一人之力以圉強敵不杖衆多而專用身才必不堪也故好勇危術也好與則無定分上之分不定則下之望無止若多賦斂實府庫則與民爲讎少取多與數未之有也故好與來怨之道也仁智勇力人之美才也而莫足以治天下由此觀之賢能之不足任也而道術之可脩

明矣聖人勝心衆人勝欲君子行正氣小人行邪氣內便於性外合於義循理而動不繫於物者正氣也推於滋味淫於聲色發於喜怒不顧後患者邪氣也邪與正相傷欲與性相害不可兩立一植一廢故聖人損欲而從事於性目好色耳好聲口好味接而說之不知利害嗜慾也食之不寧於體聽之不合於道視之不便於性三官交爭以義爲制者心也割痤疽非不痛也飲毒藥非不苦也然而爲之者便於身也渴而飲水非不快也饑而大飡非不贍也然而弗爲

不役於外而獨存其神正所謂一也

不見則百姓不怨百姓不怨則民用可得諸侯弗備則天下之時可承事所與衆同也功所與時成也聖人無焉故老子曰虎無所措其爪兕無所措其角蓋謂此也鼓不滅於聲故能有聲鏡不沒於形故能有形金石有聲弗叩弗鳴管簫有音弗吹無聲聖人內藏不爲物先倡事來而制物至而應飾其外者傷其內扶其情者害其神見其文者蔽其質無須臾忘爲質者必困於性百步之中不忘其容者必累其形故羽翼美者傷骨骸枝葉美者害根莖能兩美者天下

聖人執其一而天下自取足於聖人猶天地日月然

無之也天有明不憂民之晦也百姓穿戶鑿牖自取照焉地有財不憂民之貧也百姓伐木芟草自取富焉至德道者若丘山嵬然不動行者以爲期也直巳而足物不爲人贛用之者亦不受其德故寧而能久天地無予也故無奪也日月無德也故無怨也喜德者必多怨喜予者必善奪唯滅迹於無爲而隨天地自然者唯能勝理而爲受名名興則道行道行則人無位矣故譽生則毀隨之善見則怨從之利則爲害始福則爲禍先唯不求利者爲無害唯不求福者爲

狂生不知道之無爲而勉強爲之者

無爲侯而求霸者必失其侯霸而求王者必喪其霸故國以全爲常霸王其寄也身以生爲常富貴其寄也能不以天下傷其國而不以國害其身者爲可以託天下也不知道者釋其所已有而求其所未得也苦心愁慮以行曲故福至則喜禍至則怖神勞於謀智遽於事禍福萌生終身不悔已之所生乃反愁人不喜則憂中未嘗平持無所監謂之狂生人主好仁則無功者賞有罪者釋好刑則有功者廢無罪者誅及無好者誅而無怨施而不德放準循繩身無與事

非聖賢之旨彼自爲一家言也

若天若地何不覆載故合而舍之者君也制而誅之者法也民已受誅怨無所滅謂之道道勝則人無事矣聖人無屈奇之服無瑰異之行服不視行不觀言不議通而不華窮而不懾榮而不顯隱而不窮異而不見怪容不與衆同無以名之此之謂大通升降揖讓趨翔周遊不得已而爲也非性所有於身情無符檢行所不得已之事而不解構耳豈加故爲哉故不得已而歌者不事爲悲不得已而舞者不矜爲麗歌舞而不事爲悲麗者皆無有根心者善博者不欲牟

不一之獘若此故聖人貴一

不恐不勝平心定意捉得其理雖不必勝
得籌必多何則勝在於數不在於欲馳者不貪最先
不恐獨後緩急調乎手御心調乎馬雖不能必先哉
馬力必盡矣何則先在於數而不在於欲也是故滅
欲則數勝棄智則道立矣賈多端則貧工多技則窮
心不一也故木之大者害其條水之大者害其深有
智而無術雖鑽之不通有百技而無一道雖得之弗
能守故詩曰淑人君子其儀一也其儀一也心如結
也君子其結於一乎舜彈五絃之琴而歌南風之詩

以治天下周公散膳不收於前鐘鼓不解於縣以輔
成王而海內平匹夫百畮一守不遑啓處無所移之
也以一人兼聽天下日有餘而治不足使人爲之也
處尊位者如尸守官者如祝宰尸雖能剝狗燒彘弗
爲也弗能無虧俎豆之列次黍稷之先後雖知弗教
也弗能無害也不能祝者不可以爲尸無害於爲尸
不能御者不可以爲僕無害於爲佐故位愈尊而身
愈佚身愈大而事愈少譬如張琴小絃雖急大絃必
緩無爲者道之體也執後者道之容也無爲制有爲

此言不知一之害

易簡者一天地之道也

術也執後之制先數也放於術則強審於數則寧今與人下氏之璧未受者先也求而致之雖怨不逆者後也三人同舍二人相爭爭者各自以爲直不能相聽一人雖愚必從旁而決之非以智不爭也兩人相鬬一羸在側助一人則勝救一人則免鬬者雖強必制一羸非以勇也以不鬬也由此觀之後之制先靜之勝躁數也倍道棄數以求苟遇變常易故以知要遮過則自非中則以爲候闇行繆改終身不寤此之謂狂有禍則詘有福則羸有過則悔有功則矜遂不

知反此謂狂人員之中規方之中矩行成獸止成文可以將少而不可以將衆蓼菜成行瓶甌有堤量粟而舂數米而炊可以治家而不可以治國滌杯而食洗爵而飲浣而後饋可以養家老而不可以饗三軍非易不可以治大非簡不可以合衆大樂必易大禮必簡易故能天簡故能地大樂無怨大禮不責四海之內莫不繫統故能帝也心有憂者筐牀衽席弗能安也菰飯犓牛弗能甘也琴瑟鳴竽弗能樂也患解憂除然後食甘寢寧居安游樂由是觀之生有以樂

多則不一

惟一能大餘皆其小者

也死有以哀也今務益性之所不能樂而以害性之所以樂故雖富有天下貴爲天子而不免爲哀之人凡人之性樂恬而憎憫樂佚而憎勞心常無欲可謂恬矣形常無事可謂佚矣遊心於恬舍形於佚以俟天命自樂於內無急於外雖天下之大不足以易其一槩日月廋而無溉於志故雖賤如貴雖貧如富大道無形大仁無親大辯無聲大廉不嗛大勇不矜五者無棄而幾鄉方矣軍多令則亂酒多約則辯亂則降北辯則相賊故始於都者常大於鄙始於樂者常

大於悲其作始簡者其終本必調今有美酒嘉肴以相饗卑體婉辭以接之欲以合歡爭盈爵之間反生鬭鬭而相傷三族結怨反其所憎此酒之敗也詩之失僻樂之失刺禮之失責徵音非無羽聲也羽音非無徵聲也五音莫不有聲而以徵羽定名者以勝者也故仁義智勇聖人之所備有也然而皆立一名者言其大者也陽氣起於東北盡於西南陰氣起於西南盡於東北陰陽之始皆調適相似日長其類以侵相遠或熱焦沙或寒凝水故聖人謹慎其所積水出

此即不物而能物物者也一也

於山而入於海稼生於野而藏於廩見所始則知終矣席之先雚蕈樽之上玄樽俎之先生魚豆之先泰羹此皆不快於耳目不適於口腹而先王貴之先本而後末聖人之接物千變萬軫必有不化而應化者夫寒之與煖相反大寒地坼水凝火弗爲衰其暑大熱鑠石流金火弗爲益其烈寒暑之變無損益於已質有之也聖人常後而不先常應而不唱不進而求不退而讓隨時三年時去我先去時三年時在我後無去無就中立其所天道無親唯德是與有道者不

失時與人無道者失於時而取人直己而待命之去不可迎而反也要遮而求合時之去不可追而援也故不曰我無以爲而天下遠不曰我不欲而天下不至古之存己者樂德而忘賤故名不動志樂道而忘貧故利不動心名利充天下不足以概志故兼而能樂靜而能澹故其身治者可與言道矣自身以上至於荒芒爾遠矣自死而天地無窮爾滔矣以數雜之壽憂天下之亂猶憂河水之少泣而益之也龜三千歲浮游不過三日以浮游而爲龜憂養生之具人必笑

神妙致一之理到此方結出本旨

之矣故不憂天下之亂而樂其身之治也可與言道矣君子爲善不能使富必來不爲非而不能使禍無至福之至也非其所求故不伐其功禍之來也非其所生故不悔其行內修極而橫禍至者皆天也非人也故中心常恬漠累積其德狗吠而不驚自信其情故知道者不惑知命者不憂萬乘之主葬其骸於曠野之中祀其鬼神於明堂之上神貴於形也故神制則形從形勝則神窮聰明雖用必反諸神謂之太沖

張賓王曰虛已以游於世故萬變不搖還返其宗通篇只是一意